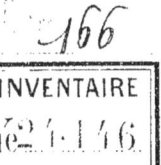

BAZAINE

CRI DE PATRIOTISME

d'un Soldat Alsacien.

DÉDIÉ A SES COMPAGNONS DE CAPTIVITÉ.

<hr />

LES CINQ MARTYRS

DE LA GUERRE

DÉDIÉ

aux Instituteurs de l'Aisne.

> « N'avez-vous pas chaque jour
> » sous les yeux cette pierre sur
> » laquelle sont gravés les noms
> » de trois martyrs, de trois ins-
> » tituteurs morts par le supplice
> » des criminels ?.....
>
> Henri Martin.

PAR

X. HÉRY

Lauréat de l'Académie Nationale de Reims.

<hr />

Prix : 1 Franc.

Chez tous les Libraires et dans les Gares de Laon, Reims et Châlons.

<hr />

LAON

Imprimerie A. Cortilliot, rue Sérurier, 22.

1881

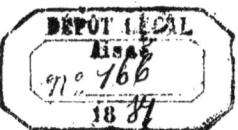
BAZAINE

CRI DE PATRIOTISME

d'un Soldat Alsacien.

DÉDIÉ A SES COMPAGNONS DE CAPTIVITÉ.

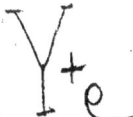

LES CINQ MARTYRS

DE LA GUERRE

DÉDIÉ

aux Instituteurs de l'Aisne.

> « N'avez-vous pas chaque jour
> » sous les yeux cette pierre sur
> » laquelle sont gravés les noms
> » de trois martyrs, de trois ins-
> » tituteurs morts par le supplice
> » des criminels ?.....
>
> HENRI MARTIN.

PAR

X. HÉRY

Lauréat de l'Académie Nationale de Reims.

Prix : 1 Franc.

Chez tous les Libraires et dans les Gares de Laon, Reims et Châlons.

LAON

IMPRIMERIE A. CORTILLIOT, RUE SÉRURIER, 22.

1881

CHER CONCITOYEN ET CHER POÈTE,

Notre ami le Commandant Rigaut m'a envoyé vos beaux vers. Ils contiennent un soufle patriotique qui vous fait honneur. Je serai très-heureux d'en accepter la dédicace.

ANATOLE DE LA FORGE.

———

Combien je vous remercie des beaux vers qui accompagnent votre lettre, je ne saurais trop vous le dire.

HENRI DE BORNIER.

———

C'est mâle et éloquent, c'est ému et senti. Publiez vite afin que nous applaudissions tout haut.

HENRI DE LAPOMMERAYE.

BAZAINE

CRI DE PATRIOTISME

d'un Soldat Alsacien.

PROLOGUE

Dix ans sont écoulés depuis que j'ai souffert
A Metz, à Kœnigstein, les tourments de l'enfer.
Aujourd'hui que la mort de l'infâme Bazaine (1),
Sans être confirmée, est tout au moins prochaine,
Je laisse déborder mon indignation,
Et lui fais un linceul de son abjection !

Le soir, lorsqu'entouré de ma jeune famille,
  Mon petit Franz sur mes genoux,
Mon regard se perdait vers l'étoile qui brille,
  Brille là-bas bien loin de nous

Sur la pauvre maison de notre chère Alsace,
  Où sont restés les vieux parents,
Je demandais au ciel de nous faire la grâce
  D'y mourir près de nos enfants.

(1) Ces pages ont été écrites au moment où s'est répandu le bruit de sa mort.

Le ciel n'exauça pas mon ardente prière,
 A mes vœux il est resté sourd ; —
Je meurs en exhalant ma haine tout entière
 Avec mon dernier cri d'amour :

Ma haine pour ceux-là qui, trahissant la France,
 Ont, sans fruit, versé tant de sang ;
Mon cri d'amour pour ceux que ma reconnaissance
 Avait placés au premier rang.

Confidente de Dieu, mystérieuse étoile,
 Qui connais, dit-on, l'avenir,
Bientôt tu n'auras plus de secret ni de voile
 Pour l'exilé qui va mourir.

Tu lui révéleras si le droit de la guerre,
 Ce droit inique du plus fort,
Doit éternellement promener sur la terre
 Son drapeau de haine et de mort,

Sans que les nations se soulevant en masse,
 Pour l'honneur de l'humanité,
Remettent chaque chose et chaque homme à sa place,
 Selon les lois de l'équité.

———

Il se tut. Son visage avait déjà l'empreinte
 Dont la mort marque ses élus,
Et ses yeux qui jamais n'avaient connu la crainte,
 Ses yeux ne se rouvrirent plus.

Décembre 1880.

LE RÉCIT

I.

Il est mort, a-t-on dit, le sinistre Bazaine,
L'homme plus digne encor de mépris que de haine,
Il est mort, et son nom qui devait resplendir,
Dans sa pure auréole, au seuil de l'avenir,
Ira s'ensevelir tout chargé de souillure
Aux bas fonds de la honte et de la forfaiture.
Comme à Rome autrefois d'infâmes histrions
Jetaient les citoyens en pâture aux lions,
Lui, Bazaine, abrité derrière ses murailles,
Et largement pourvu de riches victuailles,
Envoyait nos soldats sans vêtements, sans pain,
Vrais spectres torturés par le froid, par la faim,
Affronter au hasard les sombres mitrailleuses
Qui fauchaient dans leurs rangs comme ces moissonneuses
Accomplissant leur œuvre autour des champs d'épis.
Des corps nus, tout sanglants, des monceaux de képis
Gisaient là pêle-mêle enterrés dans la boue...
Et pendant ce temps-là que fait Bazaine ? il joue :
Absorbé par les coups qu'il médite au billard,
Il joue, et ne voit pas le lugubre brancard
Ramenant sous les forts les heureux du carnage
Qu'on a pu ramasser mutilés au passage.

Les autres, où vont-ils ? pauvres jeunes soldats,
Enchaînés deux à deux comme de vils forçats,
Tout grelottant la fièvre et couverts de sanie,
S'en vont peupler les forts de la Poméranie

Où le froid et la faim et les durs traitements
Réduiront presque à rien leurs pauvres régiments ;
Ils s'en vont entassés sur d'immondes litières,
Receptacle hideux de toutes les misères,
Les fusils bavarois braqués à deux pas d'eux,
Et prêts à faire feu s'il osent — malheureux ! —
Trouver le pain trop rare et l'eau par trop fétide ;
Car, on le sait assez, la nation cupide
Et qui s'engraissera bientôt de nos milliards,
N'aura pas trop de pain pour ses propres soudards.
Eh ! qu'importe après tout à ceux qu'on assassine
Qu'ils meurent par le fer ou bien par la famine :
Epaves des premiers et des derniers combats,
Ils savent tous le sort qui les attend là-bas !

Bazaine l'a voulu ! le héros du Mexique
Qui s'enrichit toujours de misère publique,
Et lâcha Juarez sur Maximilien
Comme sur un beau cerf mourant on lâche un chien,
Bazaine le forban, qui livra sans vergogne
A nos envahisseurs — écœurante besogne ! —
La cité de Fabert où jamais trahison
N'avait osé glisser son sinistre poison,
Que Guise défendit — Sans parler de la rendre
Aux cent mille Espagnols venus là pour la prendre ; —
Eh bien, ce condottier doublé d'un renégat
Qu'on nous représentait comme un vaillant soldat,
Le seul de son espèce en qui la pauvre France,
En face du péril, mettait sa confiance,
Cet homme a, sans pudeur, tout trompé, tout vendu,
Et pouvant tout sauver, seul, il a tout perdu !

II.

Pour cet homme pourtant quelle page immortelle
S'il avait eu dans l'âme une seule étincelle
De ce feu qui, brûlant au cœur de nos soldats,
Les poussait frémissants vers de nouveaux combats !
Tous parlaient de briser, dans un élan sublime
Qui de Sedan peut-être eût racheté le crime,
Cette ligne de fer, implacable rempart
Dont ils ne pouvaient plus détacher leur regard.
Ils sentaient que derrière était la pauvre France
Mutilée, impuissante et criant : délivrance !
Mais dès qu'ils s'élançaient à ce suprème appel,
Ils allaient se heurter contre un ordre formel
De Bazaine, affirmant que toute tentative,
Coupable au premier chef, était intempestive ;
Et nos pauvres soldats, de vengeance altérés,
Comme des loups errants rentraient désespérés,
Et les pieds dans la boue, attendaient en silence
Le pain noir du bivouac et la maigre pitance...
Et lui leur chef à tous, commodément assis,
Savourant à loisir les mets les plus exquis,
Etait là dépéçant quelque blanche volaille,
Sans se préoccuper d'aucun plan de bataille,
Qui pouvait décider du sort d'une cité
Remis par l'incurie à sa duplicité.
C'est alors qu'on voyait le vaillant capitaine,
Le visage empourpré, la parole hautaine,
Envoyer au cachot de malheureux soldats
Ayant osé se plaindre ou murmurer tout bas.

Daigna-t-il, dans ces jours de détresse poignante,
Sous l'étreinte de fer d'une armée assiégeante,
Porter à nos blessés au sein des hôpitaux
De ces mots familiers à nos bons généraux,
Mots vraiment paternels qui rafraîchissent l'ame
Et sont pour leurs douleurs un souverain dictame ?
Aucun d'eux, on le sait, aucun n'a pu le voir,
Assis à son chevet, accomplir ce devoir.

III.

Enfin Metz capitule, et ses forts imprenables
Tombent de notre armée aux mains des misérables
Qui depuis si longtemps attendaient l'arme au bras
Ce que la trahison leur livrait sans combats.
C'en est fait ! c'en est fait ! et la cité guerrière,
Qui n'a jamais souffert de souillure étrangère,
Surprise et violée en un jour de malheur,
N'a plus qu'à dépouiller son vieux renom d'honneur !
Metz, le casque allemand qui vient de t'apparaître
Annonce à tes enfants, hélas ! un nouveau maître.
Il faut voiler ta face et fermer tes maisons
Pour pleurer librement sur tant de trahisons.
Grande et noble cité, verse toutes tes larmes
En voyant tes canons et tes plus belles armes,
Sans défense, livrés aux reîtres, aux soudards
Qui les feront servir à forcer nos remparts.
Jette un voile de deuil sur la noble statue
De Fabert, ton héros, pour cacher à sa vue,
Comme on cache un forfait, le plus sanglant affront
Qui d'un pareil soldat puisse rougir le front.

Tu n'as pas oublié les paroles sublimes
Qu'il prononçait un jour pour flétrir de tels crimes :

« Si j'avais à sauver d'un aussi grand malheur
« La place que le roi confie à mon honneur,
« Je mettrais sur la brêche, à cette heure suprême,
« Ma famille, mes biens, en m'y mettant moi-même ! »
— Culte patriotique, honneur des anciens jours,
Puissiez-vous parmi nous revenir pour toujours ! —
Brûle, noble cité, tes chers drapeaux sans tâche
Plutôt que les livrer, par les ordres d'un lâche,
A l'insolent vainqueur pour grossir le butin
Qui doit orner bientôt le char du souverain.

Tous n'échappèrent pas à ce vainqueur rapace :
Cinquante trois, livrés, restèrent dans la place,
Et ceux-là sur la Sprée iront, pauvres drapeaux,
Flotter sous les regards de leurs maîtres nouveaux.
Le colonel Péan qu'avec orgueil on nomme,
Car ce trait à lui seul couvre de gloire un homme,
A déchiré le sien dont les nobles débris
A ceux qui l'entouraient sont aussitôt remis ;
Jeanningros à son tour : — pas un de ma brigade,
S'écria-t-il, n'ira leur servir de parade !

Clinchant et Lapasset ont offert de ces traits
Que, vivrais-je cent ans, jamais je n'oublierais,
Et leurs noms honorés à l'égal d'un symbole
Resteront entourés d'une pure auréole.
Ah ! c'est que ce drapeau qui leur était si cher
Semblait comme la fibre arrachée à leur chair :

C'est qu'il était pour eux l'impérissable emblême
De la patrie en deuil et de tout ce qu'elle aime,
Symbole de courage et de pur dévouement
Qui porte dans ses plis l'ame du régiment,
Qu'il faut suivre toujours, suivre tant qu'il avance
Pour défendre l'honneur et le sol de la France,
Le relever s'il tombe et le porter plus loin
En sachant tout souffrir pour sa cause au besoin ;
Mais le livrer ainsi ! c'est un crime, une honte
Dont le spoliateur tôt ou tard rendra compte !
Jamais le désespoir et l'immense douleur
En termes plus navrants ne jaillirent du cœur.

IV.

Le bruit avait couru dans la cité guerrière
Que l'armée obtiendrait les honneurs de la guerre ;
Mais dans un entretien que Bazaine eu le soir,
Le sphinx impénétrable a laissé peu d'espoir
A ceux qui s'enquéraient de la grande nouvelle.
Ce fut le cœur navré d'une angoisse mortelle
Que l'on apprit enfin que l'insolent vainqueur
Refusait aux vaincus le défilé d'honneur.
Vœ Victis ! eh bien soit, que le sort s'accomplisse !
Vidons, pauvres soldats, notre immonde calice,
Vidons-le jusqu'au bout ! la France jugera
Plus tard à qui la honte ou l'honneur reviendra !
Les uns exaspérés foulaient aux pieds leurs armes,
D'autres au lieu de sang n'avaient plus que des larmes.

— Enfants ! ne pleurez pas, s'écria Lapasset
Dont l'héroïsme à Metz ne fut pas surpassé.

Songez que de Fabert l'image vous contemple
Et qu'il attend de vous un mémorable exemple !
Frappés des mêmes coups, dévorons cet affront....
Mais nos cœurs ulcérés un jour se souviendront !

Un hourrah formidable accueillit ce langage
Qui des plus abattus releva le courage,
Et tous, quand le torrent inonda la cité,
Etaient à la hauteur de leur adversité !

V.

Son œuvre consommée où va-t-il ce Bazaine
Dont le nom doit partout soulever tant de haine ?
N'a-t-il pas à toucher le salaire promis,
A traiter de la France avec ses ennemis,
Et, sondant l'avenir de son regard de traître,
A stipuler pour lui près de son nouveau maître ?

Le pays, qui veillait, avait su déjouer
Le rôle ténébreux qu'il prétendait jouer....
Alors il se redresse ! et dans son impudence
Il ose demander des juges à la France !
Thiers, lui, ne voulait pas, par respect pour l'honneur
Du pays, mettre à nu ce foyer d'impudeur ;
Mais la France indignée était assez virile
Pour contempler sans voile une histoire aussi vile,
Comme on montre en public dans quelque carrefour
Les stygmates du vice étalés au grand jour.
C'est pourquoi Mac-Mahon, qui jamais ne recule,
Dès qu'il s'agit d'honneur, devant aucun scrupule,
Ne pouvait pas faillir, une fois au pouvoir,
A remplir jusqu'au bout ce pénible devoir.

VI.

On vit donc réunis, dans l'auguste prétoire,
Ces hommes dont la vie est un passé de gloire,
Assemblés pour juger, dans leur haute équité,
Si Bazaine est coupable ou doit être acquitté.
D'Aumale présidait. Jamais aréopage
N'exprima sa pensée en plus noble langage
Que celui de ce jeune et grave général
Chargé d'interroger un ancien maréchal....
Et, plus tard, quand Pourcet, dans son réquisitoire,
Eut retracé la longue et lamentable histoire
Des chefs de corps brisant ou brûlant leurs drapeaux,
On vit, dit-on, pleurer nos plus vieux généraux :
Irrésistible effet d'entraînante éloquence
Qui retentit bientôt jusqu'au cœur de la France,
Et fit plus pour l'honneur des nobles étendards
Que tout le sang versé pour sauver nos remparts !

VII.

Quand ce jury d'honneur eut rendu sa sentence,
On put voir, au sortir de la grande séance,
Deux combattants de Metz, d'Orléans, de Coulmiers
Que la Prusse a gardés si longtemps prisonniers,
Se jeter dans les bras l'un de l'autre et se dire :
— Voilà donc ce que vaut un héros de l'empire !
Oh ! celui-là du moins ne fera plus de mal !
Ils traduisaient ainsi le vœu national

De voir le châtiment tardif, inéxorable,
Venir frapper enfin la tête du coupable !

Des groupes se formaient et ne tarissaient pas
Sur la belle conduite imprimée aux débats.

— Ah ! s'il avait voulu, s'écriait un mobile
Dont les pieds sont gelés, nous étions là cent mille
Taillés dans le granit, prêts au premier signal
A marcher sur les pas de notre général.
Tous nous crevions de faim, et la chance était belle !
Nous aurions culbuté tout ça dans la Moselle !
Et piétinant ce pont fait de chair et de sang,
Nous courions sur Paris nous venger de Sedan !
Mais Bazaine était-là.... Bazaine était le maître,
Et malheureux soldats, il fallait nous soumettre.
Assis sur nos caissons, nos affûts démontés,
Refoulant dans nos cœurs nos élans indomptés,
Nous pleurions en pensant au pays, à nos mères
Qui ne connaissaient pas nos suprêmes misères,
En pensant à l'exil, à ses âpres rigueurs
Dont allaient nous frapper nos insolents vainqueurs,
Et nous enveloppions dans un concert de haine
L'implacable bourreau de ses soldats, Bazaine !

VIII.

La peine est commuée. . et le vil prisonnier
D'une page nouvelle a grossi son dossier,
Et son évasion, scène de mélodrame,
Descend plus bas encor le niveau de son ame.

Bazaine dégradé, subissant dignement,
Jusqu'au bout, les rigueurs d'un juste châtiment,
Aurait pu, rachetant les crimes de sa vie,
Eveiller dans les cœurs un peu de sympathie,
Et l'histoire plus calme, arrivant à son tour,
Interpréter les faits sous un moins sombre jour ;
Mais Bazaine évadé ! l'histoire, plus sévère,
Ne doit plus voir en lui qu'un condamné vulgaire.

Or, qu'on le sache bien, son expiation
N'a commencé pour lui qu'à son évasion.
Juif-Errant du malheur et de la félonie,
Il marche dans sa rage et son ignominie,
Voué par son armée à l'opprobre sans fin
Et déchirant ses pieds aux ronces du chemin.
A quelque nation qu'il offre son épée,
L'abjecte trahison dont elle fut trempée
En retiendra toujours les tronçons au fourreau,
Jusqu'à ce qu'on les trouve épars sur son tombeau.
Dévoré par le spleen, vieillard atrabilaire,
Il devient pour l'histoire un type légendaire,
Et lui, cet homme auquel on parlait à genoux,
Digne objet de pitié plutôt que de courroux,
Et courbé sous le poids du mépris de la France,
Il appelle la mort comme une délivrance !...

LES CINQ MARTYRS

DE LA GUERRE.

N'avez-vous pas chaque jour
sous les yeux cette pierre sur
laquelle sont gravés les noms
de trois martyrs, de trois instituteurs morts par le supplice
des criminels ?....

HENRI MARTIN.

Poulette, Debordeaux, l'infortuné Leroy,
Le vieux maire Fossé, le jeune abbé Miroy,
Tels sont, on s'en souvient, les noms des cinq victimes
Qui doivent des Prussiens stigmatiser les crimes
Systématiquement, froidement accomplis
Pour jeter la terreur au cœur de nos pays.

Deux d'entre eux, entraînés par leur patriotisme,
Et dont nous devons tous admirer l'héroïsme,
Poulette, Debordeaux, soldats improvisés,
Que le malheur des temps avait électrisés,
A nos envahisseurs osèrent tenir tête
Et retarder d'un jour, d'une heure leur conquête.
Trahis et dénoncés et traînés à la mort,
En martyrs, en héros ils subirent leur sort.
On est fier de citer un aussi noble exemple,
Et leur tombe à nos yeux brille à l'égal d'un temple,

Car c'est là qu'on put voir un arrogant vainqueur
Qui n'avait contre nous que de la haine au cœur,
Pousser la barbarie aux limites extrêmes,
Jusqu'à faire creuser leur fosse par eux-mêmes,
Puis sur ce sol trempé d'un sang qui fume encor
Forcer des prisonniers à piétiner leur corps.
On le vit à Vauxbuin et bien ailleurs sans doute
Où tant de cruautés ont jalonné leur route.
Fossé, le bon Fossé chez lui fut arrêté,
Et comme un malfaiteur indignement traité,
Poussé durant cinq jours de village en village,
Sans que les habitants, pleurant à son passage,
Aient eu le droit, non pas de lui tendre la main,
Mais de lui présenter même un morceau de pain
Pour ranimer en lui les sources de la vie.
Ce fut pendant cinq jours une lente agonie,
De la commandature au château de Marchais,
Où le prince allemand, ivre de ses succès,
Vidant du prince absent les caves somptueuses
Et dévastant son parc aux chasses giboyeuses,
N'a pas même daigné jeter à ce vieillard
Des restes de ses chiens la plus modeste part.
L'histoire a buriné ce récit à sa honte,
Et que par le hasard il soit né prince ou comte,
Qu'il soit fils d'un grand duc ou bâtard d'un laquais,
Il paiera tôt ou tard sa dette de forfaits.
Torturer un vieillard n'est pas d'un honnête homme,
Et c'est encore moins le fait d'un gentilhomme.
Il pouvait d'un seul mot faire grâce au martyr,
Et réparer le mal qu'on lui faisait souffrir ;
Mais il ne l'a pas dit ! et l'odieuse escorte
Resaisissant sa proie inerte, demi-morte, .

Va consommer plus loin son crime inachevé
En tuant le vieillard qui se croyait sauvé.

Et Miroy ? parlons-en ! était-il si coupable
Pour consommer sur lui ce crime abominable,
Plus odieux encor que celui de Marchais,
Au mépris d'un traité d'armistice ou de paix ?
Certes s'il fut coupable, il faut bien reconnaître
Que chacun, comme lui, s'honorerait de l'être.
Il sait que ses parents, vieillards inoffensifs,
Ont été massacrés, peut-être brûlés vifs,
Le jour où son pays, son Bazeilles en flammes,
Devenait le témoin des plus horribles drames.
Alors son cœur de fils, gonflé de désespoir,
Sans crainte du péril, lui trace son devoir.
Ces fusils redoutés qu'on nous prend ou nous brise
Seront, dépôt sacré, cachés dans son église
Où sauront les trouver de hardis défenseurs
Qui courront, à sa voix, sus aux envahisseurs.
Mais la peur, en tout temps trop lâche conseillère,
Trahissant son dépôt, amène au presbytère,
Pour s'emparer de lui, d'héroïques soldats
Chargés d'exécuter ces glorieux mandats.
La nouvelle aussitôt, parcourant le village,
Contre les délateurs éclate en cris de rage,
De réprobation, précurseurs du remords
Qui dans un temps prochain devait causer leur mort.

On marche sous la pluie... et cette eau glaciale,
Que fouettait le vent en soufflant par rafale,
Ruisselant sur sa tête et ses cheveux flottants,
Produisait un spectacle, hélas ! des plus navrants.

Ils arrivent ainsi dans un petit village
Où l'escorte fait halte et suspend son voyage.
Elle avise aussitôt un gîte hospitalier
Dans lequel se hâtant de se réfugier,
Elle laisse à la pluie et de loin garde à vue
Le pauvre prisonnier qui l'attend dans la rue.
Une femme s'approche et lui glisse ces mots :
— Les soldats, tout entiers à leurs joyeux propos,
N'exercent plus sur vous aucune surveillance.
Profitez-en ! fuyez ! franchissez la distance
Si courte vers les bois et vous êtes sauvé !
— Pour être poursuivi, puis bientôt retrouvé !
— Tous nous vous aiderons. — Je serais sans excuse
De vous perdre pour moi. Non, merci ! je refuse.
La femme près de lui s'en revint par trois fois,
Lui montrant du regard, de la main les grands bois ;
Trois fois il refusa ; puis bientôt son escorte
Le retrouve à sa place, attendant à la porte.
On se remet en route.... et, trahison du sort !
En croyant l'éviter, il marchait à la mort.

Il a comme Fossé sa tombe expiatoire,
Et leurs bourreaux l'opprobre aux pages de l'histoire.
Saint-Marceaux, digne enfant de la vieille cité,
A conservé ses traits à la postérité.
C'est là, là qu'il revit victime de la guerre,
Couché comme il tomba, la face contre terre.
On ne peut contempler ce noble monument
Où le patriotisme a doublé le talent,
Sans qu'aussitôt l'esprit, pour les maudire, évoque
Les poignants souvenirs de la terrible époque

Qui vit tous nos foyers violés, envahis,
Nos moindres mouvements épiés ou trahis,
Et nos enfants que rien ne guide ou ne seconde
Traînés à l'étranger comme un bétail immonde....
Bazeille en feu, Sedan, Metz livrés sans combats
Et livrant avec eux deux cent mille soldats,
L'élite du pays, les forts par excellence,
Qui, libres de combattre, auraient sauvé la France !
Tels sont les sentiments qui s'éveillent en nous
Devant ce monument où l'on prie à genoux,
Qui doit perpétuer le nom de la victime
Et flétrir à jamais les complices du crime.
Près de l'exécuter le chef du peloton
Au prêtre infortuné demanda son pardon,
Comme s'il n'avait vu dans l'ordre sanguinaire
Qu'un assemblage honteux de haine et de colère.
Le crime consommé, toute la ville en deuil,
Frémissante, a suivi le lugubre cercueil.
La foule qui connaît sa place au cimetière
Reviendra chaque jour y faire sa prière,
Et nul, sans emporter un pieux souvenir,
Ne pourra visiter la tombe du martyr.
Hier, prêtre inconnu d'un modeste village,
Sa mort laisse après elle un lumineux sillage,
Et ses concitoyens, pour lui faire un tombeau,
Ont trouvé dans leur sein un Cellini nouveau.

    A Vendières la tombe où sanglote une femme
Est là pour rappeler un autre horrible drame.
Accusé d'accointance avec les francs-tireurs
Qui battaient le pays comme des maraudeurs,
Leroy vit un matin envahir son école,
Et deux soldats prussiens furent crus sur parole

Affirmant que les traits du jeune instituteur
Ressemblaient de tout point à ceux d'un franc-tireur.
On fouille sa maison, cherchant partout des armes ;
On finit par trouver — grave sujet d'alarmes —
Un fusil de rebut jeté là par hasard
Et ne méritant pas d'arrêter le regard ;
Mais, dans leur déloyale et cynique impudence,
Ils prétendent y voir un moyen de défense,
Une menace au moins à leur sécurité.
C'est assez ! et Leroy de suite est arrêté.
On l'emmène à Châlons avec cinq misérables,
Maltraités comme lui sans être plus coupables,
Bons pères de famille, honnêtes travailleurs,
Qu'on a saisis chez eux comme des malfaiteurs.
Tous ensemble, accusés d'un crime imaginaire,
Seront jugés demain par un conseil de guerre,
Une cour prévôtale, un vrai conseil des dix
D'où ne sort pas vivant un soupçonné sur six.
Il siège en permanence, inique, dérisoire,
Comme aux plus mauvais jours de notre sombre histoire
Où juges et bourreaux, se tenant par la main,
La mort ne remettait jamais au lendemain.
De ce vil tribunal une fois en présence,
L'infortuné se dit fort de son innocence,
Prend à témoin tout ce qu'il a de plus sacré
Que des faits allégués contre lui rien n'est vrai,
Et que des francs-tireurs, loin d'être le complice,
Il leur eut demandé plutôt comme un service
D'aller porter plus loin leurs périlleux exploits
Dont chacun était las de supporter le poids.
Rien n'y fit ! — Il entend la fatale sentence,
Et sent crouler en lui sa dernière espérance.

Il pense à ses enfants d'hier à peine nés (1),
Qui pour tant de malheurs n'étaient pas destinés,
A ses devoirs brisés au début de la vie
Sans qu'il ait mérité qu'elle lui soit ravie....
Il voit sa femme avec sa fille dans ses bras,
Se traînant suppliante aux genoux des soldats,
Stupides bavarois dont le chef impassible
A ses cris maternels demeurait insensible.
Mourir si jeune encor ! quitter à vingt-cinq ans
Une épouse adorée et de pauvres enfants...
Non, Dieu ne peut vouloir qu'un pareil sacrifice,
Un tel assassinat sous ses yeux s'accomplisse.

Tu l'espéras en vain, pauvre jeune Leroy ;
Toi mort, viendra le tour du généreux Miroy.

Ce qui dut se passer dans son ame à cette heure,
Seule put le savoir la femme qui le pleure.
Ce récit dans sa bouche emprunte à sa douleur
De ces traits pénétrants qui jaillissent du cœur,
Eveillant dans le nôtre un écho sympathique
Qui le met de moitié dans ce deuil domestique.
C'est aussi, qu'on le sache, un deuil plus général
Qui nous a tous atteints dans cet homme loyal,
Donnant à nos enfants dans les modestes sphères
Les grandes notions des vérités premières.
Aussi, lorsqu'à Châlons le bruit se répandit
Qu'on allait fusiller, tuer comme un bandit,
Comme un homme de rien, un franc-tireur vulgaire,
Cet homme au cœur brûlant du désir de bien faire,

(1) Le dernier n'avait pas dix jours.

Ce fut dans tous les rangs une indignation,
Un tolle général de malédiction
Qui portait le courage au plus haut paroxysme
Et sonnait le réveil du vrai patriotisme ;
Mais que pouvait l'élan de tant de nobles cœurs
Contre l'art oppressif des insolents vainqueurs ?
On laissa faire.... On vit le peloton qui passe
S'avancer d'un pas lourd, cadencé sur la place,
S'arrêter tout à coup, puis, au signal donné,
De sept balles au cœur frapper l'infortuné....
Le frapper ! mais non pas sans qu'il dît ces paroles
Qu'on devrait incruster au front de nos écoles : —

     « Habitants de Châlons, venez tous voir comment
     Sait devant l'ennemi mourir un innocent ! »

A peine est-il tombé qu'on apportait sa grâce,
De générosité trop tardive grimace
Arrachée à la crainte ou peut-être aux remords,
Car il naît des vengeurs sur la tombe des morts ! (1)

(1) Exoriare aliquis nostris ex ossibus ultor.

FIN.

UN DERNIER MOT.

Cette publication fut inspirée à l'auteur par le désir d'honorer de nobles infortunes.

Un autre but l'a guidé encore.

On vient de voir que la petite fille de Leroy avait à peine dix jours quand son père tomba sous les balles prussiennes. Elle est dignement élevée dans le culte des pieux souvenirs par sa mère, Receveuse des Postes à Dizy-le-Gros (Aisne). Y a-t-il une meilleure manière d'honorer la mémoire d'un homme de bien, que de faire revivre en quelque sorte, sous le pinceau d'un grand artiste et de placer sous les yeux de l'Orpheline, l'image de son Père mort de la main de nos ennemis ? Ce portrait, œuvre d'un peintre de notre département, Genaille, serait payé avec le produit de cette publication.

On prie donc toutes les personnes qui en recevront un exemplaire de vouloir bien en envoyer le prix à l'un des Membres d'un Comité ainsi composé :

MM. L'Abbé Degoix, Aumônier, à Vaux-sous-Laon.
Commandant Rigaut, à La Fère.
Capitaine Sage, à Laon.
Chavée, Agronome à Clermont-lès-Fermes.
L'Abbé Héry, à Béthancourt, près Chauny.
L'Auteur, à Sissonne.

www.ingramcontent.com/pod-product-compliance
Lightning Source LLC
Chambersburg PA
CBHW061734180626
46818CB00006B/2616